# 鯨魚說

落蒂 著

# 豈容華髮待流年
## ——序落蒂詩集

余境熹

唐朝柳宗元（七七三—八一九）寫〈始得西山宴遊記〉，心情以「恆惴慄」始，以登上西山，「心凝形釋，與萬化冥合」，一霎時疑慮一空終。可是繼續展閱「永州八記」，柳氏的負面情緒依舊如影隨形，無以掃淨。他在〈鈷鉧潭西小丘記〉縱有「悠然而虛者與神謀，淵然而靜者與心謀」的放鬆，卻無法不痛惜起小丘之「棄是州」，終致窘困地聯想到自己遭貶的厄運，被「農夫漁父，過而陋之」，甚至「連歲不能售」[1]。〈至小丘西小石潭記〉裡，柳氏初聞潭水聲，「心樂之」；觀潭中游魚「似與遊者相樂」，更覺歡然；結果在潭邊坐下，發覺「四面竹樹環合，寂寥無人」，柳氏又頓感「淒神寒

1 柳宗元永貞元年（八〇五）被貶為永州司馬，「永州八記」中，包括〈鈷鉧潭西小丘記〉在內的前四記均作於元和四年（八〇九），其時柳氏確已「連歲」不受朝廷重用，久困蠻荒。

骨」，卒以「其境過清，不可久居」，乃黯然離去。據此回溯，「永州八記」第二篇〈鈷鉧潭記〉豁達地聲言「樂居夷而忘故土」，應該也只是柳宗元故作灑脫之語罷了。

蕭蕭（蕭水順，一九四七—）為《大寒流》作序，曾稱：「在眾多前輩詭譎的詩風中，眾多前輩響亮的名聲裡，如何脫穎而出，未嘗不是落蒂的另一個心理壓力」[2]。本來應「從心所欲不逾矩」的七十五歲詩人落蒂，彷彿難忘施展政治抱負的永州柳宗元，心中苒苒有了在詩國「稱斤論兩」的焦慮——是「身與名俱滅」，還是「不廢江河萬古流」？這是個問題。

落蒂自述《大寒流》因「憂國憂民」而作，其時他「面對紛亂世情，心中盼望有解世紛、濟蒼生、安黎民的人物出現」，非是「為一己之私，妄想在詩壇揚名立萬」[3]；到了這部詩集，落蒂壓縮大寒流，化為小迴溪，載動的多是個人靈思。第一輯「風鈴」收有〈心

[2] 蕭蕭（蕭水順），〈歷經春和夏豔秋熟冬寂的《大寒流》〉，《大寒流》，落蒂（楊顯榮）著（台北：秀威資訊科技股份有限公司，二〇一七）。

[3] 落蒂，〈後記：一片冰心在玉壺〉，《大寒流》二五五—二五六。

願〉謂：

妳不要問我為什麼一直站在那裡
踏是我多年的心願
在妳夜歸的路上
我是一動也不動
一盞照明用的
路燈

如所周知，鄭愁予（鄭文韜，一九三三—）〈野店〉有句云：「是誰傳下詩人這行業的／黃昏裡掛起一盞燈」，白靈（莊祖煌，一九五一—）早認出落蒂〈山中的一盞燈〉借用了有關象徵[4]。在〈心願〉裡，落蒂不憚重複，沿用「一盞照明用的／路燈」，心志堅定地揭櫫其寫詩的志業：「多年」來，他一直不可動搖地「站在」詩的路

4 白靈（莊祖煌），〈悠遊與抵抗—序落蒂詩集《風吹沙》〉，《風吹沙》，落蒂著（台北：釀出版，二〇一六）九—十一。

上，為置身黑暗、茫然「夜歸」的讀者指示心的方向。不過讀者（以「妳」代表）並不領情，倒是常質疑落蒂何故有此「選擇」。落蒂也不論理，只附上藏頭訊息：「妳踏在我一路」，期盼讀者試試翻開詩集，沿路細看，自然能被詩人「多年的心願」打動[5]。

落蒂〈心願〉刻意書一「踏」字，明知「飛鴻踏雪泥」後，應該是「鴻飛那復計東西」，他卻偏想留下「指爪」，見證詩的刻痕。「獨品十四首」其四為〈抉擇〉，如是敘述：

想著已到攤牌時刻
不是找到光明
就是奔向更黑暗
終於奮力推開重壓
挺直身子站了起來
屋外也無風也無雨

[5] 落蒂在本集「獨品十四首」其十〈療傷〉中，亦肯定了自己詩作撫慰他人的效用，而且著眼當下，不求後世留名——只不過落蒂的這種達觀心懷並不持久，詳如後文。

所謂「攤牌時刻」，實即評定詩壇地位的時候。詩人已古稀，想著立言傳世、「找到光明」，可是現實「黑暗」，難以攻破。「獨品十四首」其七提到，詩的影響似乎進入「寒夜」，即使詩人寫出「夢中的一切」，由於缺乏認真的讀者，華章仍難以流傳、留存[6]。落蒂不禁追問：「誰會是誰永遠的記憶／在這樣的寒夜裡」。另一種「黑暗」蕭蕭早已言之，乃來自前輩的「重壓」或陰影——文學理論所謂「影響的焦慮」——即使有讀者，他們會認為我落蒂寫得比已有大名者好嗎[7]？即使「我」寫得比已有大名者好，「我」在這「寒夜」時代會有讀者嗎？是否注定，「我」只能「奔向更黑暗」？糾結著的疑問，常常使人卻步[8]。落蒂幾經掙扎，「終於奮力推開重壓」，嘗試舉筆再次挑戰[9]。當他「挺直身子站了起來」，繼續矗立如「一盞照

---

6 落蒂盼望有詩的知己，此意亦見於同輯的〈撫慰〉、「獨品十四首」其三〈晚風〉等。

7 「獨品十四首」其九〈晃動的光〉，即寫落蒂遭受批評，自信動搖。

8 其他無法逆料的外在因素亦使落蒂失望，突如其來的「黑暗」在「獨品十四首」其十三〈意外〉裡化為不可測的「土石流」，能「壓毀眼前的一切」，叫落蒂措手不及。

9 塑出個人風格，見「獨品十四首」其十一〈凝視〉；努力琢磨、提高詩藝，見其十二〈盼〉。

明用的／路燈」時，其悲苦的情緒亦隨之轉化，彷若重尋「不在意，只有寫」的初心，冥冥之中，萬事自會水到渠成；詩人的心，遂覺得「屋外也無風也無雨」，放開懷抱，呼應了蘇軾（一〇三七—一一〇一）的〈定風波・莫聽穿林打葉聲〉[10]。

然而落蒂的豁達類近於柳宗元的永州心旅，攀過一峰，又滑向斜坡，在「獨品十四首」其六，〈黑影〉很快便再將他覆蓋。在這首同屬六行的新詩裡，落蒂寫道：

殘餘也是一種美
夕陽的餘暉
總是令人特別珍惜
我把焚燒過的地方

10 值得注意的是，「屋外也無風也無雨」在句式上固然較接近蘇軾的「也無風雨也無晴」，但落蒂只寫「無風」、「無雨」，並不意在「無晴」。風雨象徵逆境，晴象徵順境。也許，說落蒂貼近范仲淹（九八九—一〇五二）〈岳陽樓記〉中沉醉於「春和景明」的遷客騷人，更加合理。

掃一掃竟然
只留下一片巨大的黑影

首行起筆樂觀，視「殘餘」為另一種「美」，即使無法事事順遂圓滿，亦覺無甚所謂；但緊接二行寫到「特別珍惜」剩下的日子或「夕陽的餘暉」，詩人的矛盾心理即又竄起，放不下要把握剩餘時機、在詩國佔一席之地的念想，重蹈了柳宗元〈鈷鉧潭記〉聲言「忘故土」，其實卻難捨帝京長安的覆轍。落蒂著手整理詩稿，刮垢磨光，過程中剔除、「焚燒」眾多不合意的舊作，沒料到「掃一掃」餘燼，「只留下一片巨大的黑影」，真讓他有充分信心的篇什未得一見。落蒂曾有〈淒涼〉詩說：「打開自己珍藏的詩稿　發現只有無題詩三首／一首我拿起來　一口一口吃下／一首拿給妻　為冬日的生活點火／另一首，我想，只有寄給你」，與〈黑影〉同寫重溫舊稿，卻巧合地都點起一把燒燬的火。結果是，落蒂的心情又由故作瀟灑陷進淒苦，在駸駸相追的詩路上迎面撞著失望。「是固勞而無用」，柳宗元〈小石城山記〉如是嘆息。

這種高低跌宕的意緒在詩集第二輯「說不定主義」裡尚自蔓延，〈竹窗戶有書〉大度豁然，唸道：「老舊床鋪桌椅／可以自由坐臥／粗茶淡飯尚可溫飽／／屋雖簡可迎風雨／室雖窄可納友朋」，彷彿「審容膝之易安」的陶淵明（約三六五—四二七），樂夫天命復奚疑；接續的〈雨夜思友人〉立馬變調：「空山之中／只一盞孤燈／亮在我獨居的小屋／有誰來和我煮酒討論人生／／不論內心如何澎湃／此刻對往日的際遇／不免有時追悔有時嘆息」，真惆悵而獨悲。落蒂〈老來心境〉把這種起伏不定的心潮概括得最為具象：「那上下升降的電梯／以及奔馳的雲霄飛車也／正在我心中／像窗邊胡亂攀爬的紫藤／四處亂竄」，他也明瞭自己有顆難以靜定的心。

復以〈說不定主義〉為例，首節的「其實我也想／自己開／自己喜歡的／花　卻由不得／自己」，表示落蒂欲追求自身風格、不隨詩國浪潮，無奈下場是遭主流忽視，恐怕不得不改弦易轍。該作次節承續說：「我也不／願一直被／放送　正如也不願／一直被／閒置」，前半突兀的斷句使「願一直被」和「不」字隔離，意思全然相反，或許正道出獲傳唱、獲「放送」，才是詩人心底的願望；後半則直言不合潮流時「被

〈閒置〉的窘態，亟欲破圍。〈說不定主義〉的第三、四節謂：

如果把
插頭拔掉
就如枯萎
垂頭的花
那麼

你問我何以在
白色植物開
紅花
何以在綠色植物開
白花
那要看氣候
土壤
而產生不同變化

有時是補品有時是
毒物

文本是電源，電器的運轉是詩作影響力的彰顯，「插頭」即為讀者的閱讀和評論，發揮著至關重要的連結作用。假如「插頭拔掉」，文本的「花」再燦爛，其命運也只能是「枯萎／垂頭」。由於知音難尋，「插頭」猶如被「拔掉」，落蒂具個人風格的作品沒能得到重視和理解，甚至被輕蔑者質問：「何以在／白色植物開／紅花」、「何以在綠色植物開／白花」。落蒂歸納這種困境的原因為：「氣候」不對頭、「土壤」不對頭，前者指詩壇的潮流，後者指讀者的接受能力[11]，明明寫出的詩是有益心靈的「補品」，由於外在的因素，它們都成了評論界和市場的「毒物」，被摒棄，得不到重視。落蒂在〈雜感數則〉第四首以畫為喻，說：「許多人在努力畫畫／畫中藏了許多話／在紛亂的人群中／畫飛了起來／人群並未瞧一眼／只有一個一個

11 氣候和土壤都對的話，或許就會像柳宗元〈鈷鉧潭西小丘記〉所寫：「以茲丘之勝，致之灃、鎬、鄠、杜，則貴遊之士爭買者，日增千金而愈不可得。」

從畫上踩過／隔天清潔工來了／把它們通通掃進垃圾車裡」，「畫」便是詩，與草木鳥獸一歸於腐壞澌盡泯滅而已。

時代和讀者是詩家無法控制的，〈說不定主義〉的最後一節由是謂：「被晾在一旁／荒涼或／被多隻手搶／用　不是你／說了算」。那麼，應該看開一點、放下求成的執著麼？但「被晾在一旁」、「一直被／閒置」的感覺著實不佳，那麼，還是應該「由不得／自己」，盡力開別人喜歡的「花」？在〈東河舊橋〉，落蒂豪言：

站在馬武窟溪口
兩臂交疊向上
是引領東河鄉和成功鎮
幸福的方向嗎
停在橋端的一隻黑鳥
不斷昂首啼叫
那知那知
海岸線那邊拓寬的新橋

吸走了人群
但舊橋仍以獨特的結構和造型
向人們宣誓
自己存在的價值

這番是以「舊橋」自比，雖則合乎潮流的「新橋」把讀者都「吸走」，落蒂仍堅持其詩作「獨特的結構和造型」，為人們「引領」著「幸福的方向」，矢志不移，更不輕看「自己存在的價值」。轉到下首詩〈晚景〉，落蒂卻來個一百八十度的轉變，否定曾經的肯定，自怨自艾起來：

站在果樹下垂涎的老猴
仰頭呆望著纍纍的果子
嘆了一聲
啊！我已經爬不上去了
聲音撼動整棵果樹

果子竟紛紛落了下來
落下來的成堆果子
把老猴埋在果子底下
老猴沒有吃到任何一顆

曾高調為自己獨特存在價值而「宣誓」的落蒂，這時已不再是偉岸的「舊橋」，倒變成「垂涎的老猴」，巴望著成熟的、高位詩人的豐收，哀嘆「爬不上去」，隨後更控訴「沒有吃到任何一顆」果子，分不到半絲榮耀或實利，既憂且氣。綰合〈東河舊橋〉與〈晚景〉，再回到〈說不定主義〉所提出的兩難局面，在割捨與務得之間，我們可以說落蒂本願作「特立」、「不與培塿為類」的西山，卻又為「過湘江，緣染溪，斫榛莽，焚茅茷」的偏處一角、知者稀少而感到神傷——矛盾的心情，總揮之不去，理還亂。

當然，以上分析的用意，並非為批評落蒂口說堅定、實際卻搖擺不專的心懷。一來，在逍遙恬淡與趨求不朽的兩極間徬徨徘徊，本就屬人之常情，「不慕榮利」、「忘懷得失」的陶淵明，猶偶爾流露

「日月擲人去，有志不獲騁」的失望，落蒂能夠如此直面陳述，毫不掩飾，反倒讓讀者欣賞起其人的率真天然。二來，不同於《大寒流》向外關顧，這部詩集反照自身，落蒂那悲喜相逐的「柳宗元模式」上接「永州八記」，為失意文人的心靈造像，誠具有特別的文化意義，同時又是讀者探析落蒂為詩迷、為詩狂、為詩怨心理的重要材料，不容後來的研究者忽視。正因落蒂寫出了左右搖盪的心之鐘擺，本書的第一、二輯，才有著格外重要的價值。

本詩集第三輯「鯨魚說」宣揚環保，與犧牲自然為代價的經濟發展相對立，順承著落蒂此前的〈海岸斷想〉、〈青草湖〉、〈天池〉等作，語淺情深，顯示出詩人一貫的關懷；第四輯「詩茶飛舞」寫遊歷所想，沿襲《詩的旅行》、《台灣之美——詩寫台灣》，乃至《大寒流》裡〈武界傳奇〉、〈飛升與沉落〉、〈失落的地平線〉等三輯，屬落蒂慣常書寫的題材，換了湯，藥性依然熟悉。

第五輯「愛之船」比較特別，之前落蒂寫及妻子的分行詩只有〈滿月圓〉、〈黑色奇萊〉、〈花的變奏曲〉等幾首，並不集中；到這部詩集，他才終於特闢一輯，藉分行詩歌詠其生命的另一半[12]。戈登・興格萊（Gordon B. Hinckley, 1910-2008）曾宣告：「婚姻最真實的意義，是平等的夥伴關係，不是由一方支配另一方，而是在雙方的責任與目標上彼此給與鼓勵並支援。」從輯內各篇可見，落蒂的妻子一直與他相扶持。稍早的〈愛之船〉、〈紅樓夢〉、〈大津瀑布〉均寫於一九六八年，當時落蒂「人生遇逆風」，「因某事心情欠佳」；〈遠方〉寫於一九八一年，其時落蒂又「遇某些困境」，而幸好兩番受挫都有妻子「攜手渡過」，讓修訂版的〈大津瀑布〉響起「將來的人生／或明亮或晦暗／或平坦或荊棘／都是我們所共同擁有」的誓言，教讀者動容——落蒂把寫給妻子的好詩壓了數十年，到現在才公諸於眾，真是把美酒留得太後了。至於新作如〈盤旋〉、〈騰雲〉等，皆可視為妻子陪伴落蒂面對晚歲憂思之篇什，見證夫妻半世紀的深摯真情，值得細賞。

另外，集內〈宿和南寺〉、〈無言歌〉、〈觀景〉和〈境〉等，

12 至此，落蒂新詩在重視夫婦感情才更顯圓滿，見余境熹，〈明我長相憶：落蒂新詩的「重情」精神〉，《大寒流》二二〇—二二三。與妻子關係緊密、互敬互愛，也有助鞏固落蒂的正面形象。

都有足供發揮的詮釋空間；登山尋覓這一意象在〈願〉、〈遠方〉等篇中頻頻出現，自成體系，也有值得討論的地方。綜合來說，落蒂的這部新書既有承前之作（主要為三、四輯），又增入了個人詩路心境和家庭摯愛相攜的集中書寫（主要為一、二、五輯），它在藝術上似未超越里程碑式的《大寒流》，新的內容也不見得易令志在廟堂的讀者共鳴，但其題材方面的擴展，卻確實使落蒂詩作有了更廣泛的含容，有所開拓。老驥伏櫪，志在千里，經過這一站，落蒂的詩筆還要繼續揮舞，以遂其「不已」的「壯心」吧。柳宗元謂：「豈容華髮待流年？」是為序。

補記：落蒂因我瞎撰〈鯨魚說〉無字詩，跟其一作同名，乃向我垂詢是否要以「鯨魚說」為這本最新詩集的標題。世間訛傳「52赫茲鯨魚」不為同類所知，乍聞之下，頗覺愴然；但亦因其曲高和寡，這頭巨鯨才被人們記住，載之冊籍。耽溺文學而未獲大名者，不知能否以此慰己？只是難言喜歡鯨魚的柳宗元先生泉下有知，欸乃一聲，可能真願意借「52赫茲鯨魚」自況吧[13]。

13 參考柳宗元〈設漁者對智伯〉、〈奔鯨沛〉。

# 落蒂的旅遊詩

孟樊

## 一

旅遊詩作為一個新詩的次文類，於今可謂粲然皆備。在一九八〇年代以前，一來受限於政府政策（一九七九年開放國人出國觀光，一九八七年開放民眾赴大陸探親），二來台灣經濟尚未蓬勃發展，人均所得只有二、三千美元（一九八〇年為二三六三美元），出國觀光尚難普及，國人休閒度假僅限於國內旅遊，而這自然也波及旅遊文學的創作與發展。依此來看，旅遊詩在當時無法成為一個成熟的文類，倒也不會令人感到意外。

然而，若說旅遊詩完全不受詩人青睞，卻也未盡符實，雖然受限於「海外行腳」，但他們的島內行蹤可不少見，例如鄭愁予的〈卑亞南蕃社〉就留下詩人在南湖大山的足跡（落蒂亦有同名詩作一首）。

落蒂的第二本詩集《春之彌陀寺》（一九九四）收錄的多數寫於一九八〇年代的旅遊詩，幾乎悉數為詩人的島內行腳紀錄，即係顯例。雖然如此，在此之前，旅遊詩確實並非台灣詩人刻意經營的一個文類，主要的理由如前所述，卻也因之衍生出兩種我所謂的「類旅遊詩」——較常見的懷鄉詩（或鄉愁詩）以及較少見的臥遊詩。前者多為從大陸來台的資深輩詩人所做，懷鄉之處或有指涉（如張默的〈長城・長城，我要用閃閃的金屬敲醒你〉）或未有指涉（如楊喚的〈高粱啊〉），而其中若干有所指涉者，倘撇除其懷鄉之抒情不談，往往就是一首類旅遊詩；然而這樣的懷鄉詩卻也可視為是後者另一種類旅遊詩的臥遊詩，臥遊即神遊，也就是心嚮往之的「想像之遊」，瘂弦的〈耶路撒冷〉、〈芝加哥〉、〈羅馬〉等詩即係臥遊之作。這些類旅遊詩可謂後來大力發展的旅遊詩的另一種前身。

旅遊詩自然而然不同於臥遊詩，蓋旅遊須有親歷之實，它必須是詩人遊歷之後抒發之作，亦即其須有場所的「臨在感」（sense of presence），即便這臨在感並非全然出於寫景使然。詹宏志認為：「旅行文學是關於行動的文學，一邊是行動，一邊是文學。」我以為旅遊詩亦當如是，欠缺旅遊的行動則只是紙上談兵（臥遊），可能算得上是「文學」、是「詩」，可這和「旅遊」無涉。而旅遊可以是旅行的一種，按「旅行」一詞，字典之釋義為「從一個地方到另一個地方的移動或所經歷的傳輸」，因而只要涉及兩地之間的移動，誠如詩人杜國清所說，包括：官僚巡視、驛站道中、寺廟參拜、僧侶托缽、軍旅戎馬、江湖賣唱，皆屬旅行之移動；而現在則除觀光旅遊之外，還涵括：商務考察、國際會議、海外洽公、體育賽事……不一而足，所以旅行的界義範圍比旅遊更為廣泛，而我所認為的旅遊詩亦係自此一角度觀察。

從以上所述觀點來看，可以發現落蒂極早就對旅遊詩情有獨鍾，除了他的處女作《煙雲》是一部情詩詩集外，後來出版的詩集包括：《春之彌陀寺》、《詩的旅行》（二〇〇五）、《台灣之美——書寫台灣》（二〇一二）、《風吹沙》（二〇一六）、《大寒流》（二〇一七），都收有大量的旅遊詩作，以文類批評（genre criticism）觀之，此一旅遊詩可謂是落蒂最愛的詩類了。楊萬里的〈下橫山灘頭望金華〉有云：「山思江情不負伊，雨姿晴態總成奇。閉門覓句非詩法，只是征行自有詩。」落蒂的旅遊詩絕非「閉門覓句」的臥遊詩，不是來自純想像的遊記，誠如楊萬里詩所說「只是征行自有詩」；更且，他的旅遊詩絕大多數都是紀遊詩，其中雖亦有不少詩作，其出遊係緣由於詩人參與國際或海外會議之故，旅遊雖是當中外加的行程，卻也逸出純開會的目的了（如收在《詩的旅行》第十輯〈珠海去來〉中的六首詩）。此外，他的親歷之境也部分反映了台灣觀光旅遊的演進：在較早的《春之彌陀寺》，收錄的詩作都是台灣島內的遊蹤；之後的《詩的旅行》才有跨出國門之旅，去到大陸（最遠到達新疆），出現描寫大陸之旅的旅遊詩，此時時序已來到世紀之交。而在二十一世紀以後出版的《風吹沙》與《大寒流》，始見其赴日旅遊的足跡，走出中國領域。可以說，落蒂的旅遊詩忠實地反映了他旅遊的行蹤。

## 二

落蒂如何行走他的旅途？他到底寫了什麼樣的旅遊詩呢？且讓我們也來走走他走過的足跡，來爬梳他沿途留下的詩蹤。

首先，讓人印象深刻的是，他的旅遊詩大都表現得頗為寫實

（realistic）——或許也因此我們可將之歸為寫實派，換言之，他的旅遊詩紀實性很高，譬如〈武界傳奇〉一詩，敘寫詩人與文友驅車至南投埔里武界遊覽，記敘四輪傳動車在山路盤旋匍匐前進的路程，畫面栩栩如生，歷歷在目，簡直是一部用文字拍攝的短片。又如〈喀納斯湖〉敘述遊湖的過程，從詩人驅車抵達、湖畔散步、雇舟巡遊水面，到偶遇趕著牛羊的牧民，從頭至尾為我們導覽了一遍他們的行程，其他如〈尋夢記〉、〈記三井寺〉、〈墾丁森林遊樂區〉、〈記憶三峽——之一、瞿塘峽〉……都是頗具寫實色彩的紀遊詩，可以說實況轉播是落蒂紀遊詩的一大特色。而以〈記憶三峽——之一、瞿塘峽〉為例，與其說此詩旨在紀實，不如說它主要在寫景，以譬喻手法寫景，遒勁有力，如他這般描寫瞿塘峽江邊兩岸的山水奇景：「船緩緩前進／它／變換的速度如同／張大千的潑墨／山水一下子一張／又一張幽壑鳴泉／有時／雄偉險峻／有時／斷岩峭壁」。寫景可謂是旅遊詩的靈魂，上所說旅遊詩須具有的臨在感或臨場感，對於景色的描寫可說是最接近臨場感的一種表現的手段，關於此點，落蒂抓得極為精準，例如〈灕江〉、〈黑部立山雪牆〉、〈岩手縣北上市公園〉……不管是正寫或側寫，都頗為生動。

其實寫景只是旅遊詩寫作的基本功，如果旅遊詩僅只於寫景，那也未免顯得單調，甚至「不近人情」。余光中在〈杖底煙霞──山水遊記的藝術〉一文曾提及，遊記的表現手法除了寫景，還可以敘事、抒情，以至於議論，那麼就拿敘事來說，落蒂的旅遊詩中雖然純敘事者少，但像〈驅車入林〉、〈夜宿峨嵋聞晚鐘〉等詩，即以敘事為詩之主調，雖亦兼有寫景、抒情甚至是議論的「副作用」，以〈哭泣的銀杏〉一詩為例：

嶽麓書院
有一棵銀杏
站在窗前
哭泣了百年
我正抄錄門楣的對聯時
不小心被銀杏的淚
沾濕了我的筆記

至於
抄回來的句子
有的缺了半邊
有的少了半句
回程的車上
導遊還一直誇讚
這裡出了
不少博學鴻儒
可是我的腦中
仍然一再浮現
那棵
哭泣的銀杏

這首詩主調（tone）是敘事，敘述詩人隨團參觀嶽麓書院，提到他對於書院中的一棵銀杏樹特別有感，而在現場抄錄的一副對聯回程時才發覺「殘半不全」，並對導遊誇讚書院內曾經出過不少博學鴻儒一事充耳不聞，腦中所想仍是那棵銀杏樹。乍看之下，似乎是詩人現場抄錄的功夫沒做足，以致對聯竟缺了半邊、少了半句，但深一層看，漏記這一舉動實係意有所指，不妨可以看作是他對於「博學鴻儒」的反諷（irony），而之所以會有反諷之意，則係出於詩人與物交感的神入（empathy）感應，這多少又拜其使用的擬人法（personification）所賜——擬人的銀杏的心思，不在書院這裡到底栽培出多少「博學鴻儒」。

當寫景與敘事退居背後，若干旅遊詩更進一步的表現手法（如反諷）便陸續地展露出來，像上述「哭泣的銀杏」的反諷多少還有點「猶抱琵琶半遮面」的味道，在〈在楓紅中飛升與沉落——黑部立山賞楓心情〉（組詩）之〈被遺棄的石頭〉中，最後作者以自嘲結束：「我的朋友不再理我／不再同我一起賞楓／他們認為我不是詩人／是一顆石頭／一顆沒有感覺／不會感動的石頭」，反帶有濃厚的反諷味道，並以此收束前面的哲思性辯論。雖然類似這樣將寫景與敘事功能全予以後退出局的詩作委實不多，然而誠如此詩副題所示，詩人旨在表達的是他「賞楓的心情」，而如此以抒情為主調的旅遊詩，則可謂是落蒂詩作的大宗。

## 三

落蒂的旅遊詩中最為常見的是他廣泛使用的抒情手法，這當然不足為奇。蓋抒情本為現代詩之本色殆無疑義，英美在近代（十九世紀）以來甚至將詩稱為lyric，lyric即抒情詩，幾乎就是詩的代名詞。抒情詩往往借景（或觸景）生情——而這也是洛蒂旅遊詩中最擅長的手法之一。這種因景緣情的詩作不勝枚舉，如〈大阪城〉、〈橋杭岩〉、〈清水寺〉、〈德天瀑布〉、〈陳芳故居〉、〈古城牆〉、〈靜觀村〉……。余境熹曾分析落蒂的詩具有「重情」精神，此一見解放在落蒂的旅遊詩上來看也說得通。試看〈在楓紅中飛升與沉落——黑部立山賞楓心情〉之〈鮮紅遍野〉一詩：

所有的朋友都不來了
都不再看我的詩句
他們說我的詩句

裝了滿滿的一缸醋
但是我仍靜靜的
獨自面對
那一片滿山遍野
鮮血一樣的紅

這首短詩一筆寫兩面，表面上是描寫黑部立山鮮紅遍野的楓樹，究其實是在書寫詩人自己詩創作的心境，抒發孤獨（不被賞識？）的情懷，因景生情不在話下。而如此的抒懷，又往往讓他生出人生的感悟，譬如〈九孔池〉一詩在敘寫詩人觀賞臨海鋪設的九孔池之餘，興起他思索著「許多生命的謎題」，聆聽海潮音的不斷拍打，「滿天星斗自在的閃爍／心中突然升起／人生就是這麼一回事／所有人都走了／天體的運行依然照舊」。再如〈與杜甫擦身而過〉一詩，書寫船行長江三峽的景象，扣合著杜甫的詩句，抒發自身對於遠古詩情的感嘆：「薄霧茫茫之中／三峽似乎沒有詩詞來的／壯麗／只有思古幽情／隨著船笛／拋向一再九彎十八拐／江流」，遺憾古詩與今景兩不相侔。類似的抒情筆調，使讓渡也認為落蒂的詩「善於感傷」，說「讀他的詩，往往可以感受到一份淡淡的哀傷」，從上所舉諸詩來看，足證渡也之論所言不虛。

事實上，落蒂的旅遊詩在抒情之餘，除了興起人生感悟，不少詩作更生發出他的歷史之思，而恰恰是出於這樣的歷史反思，才讓他的旅遊詩顯得厚重許多。譬如〈恆春古城〉、〈億載金城〉、〈孔廟門前紀事〉，尤其是收在《詩的旅行》第十一輯〈西安詩抄〉的六首「懷古詩」，無一不散發著濃重的歷史感。綜上所述，我們可以進一步斷言，落蒂的旅遊詩所抒之情，並不限於狹隘地觸景生「情」——他這種因景色所生發之私人感懷，還包括他因此而起的人生感悟、歷史反思，乃至自嘲和反諷這俗世的世態炎涼，由此寄託一己之性情。若自此一角度言，則其旅遊詩不妨也可看作是他的一種「言志之詩」。

## 四

此一紀遊之「言志詩」，在落蒂最晚出的《大寒流》一書裡所出現的四首他極為少見的散文詩〈金門戰史館〉、〈毋忘在莒的正午〉、〈古寧頭的傍晚〉、〈料羅灣的清晨〉，頗為醒目，值得一提。這四首散文詩乃係他旅遊金門，參加金門建縣百年詩酒文化節後的紀遊之作。如同上述提及的具歷史感的旅遊詩，這四首詩也散發另一種濃厚的歷史感——確切地說應該是時間感，詩人無論是徘徊在金門戰史館裡，坐在毋忘在莒的大石下，步行於古寧頭沙灘，或者眺望著料羅灣，那種對於時間的失落感幾乎直透筆尖，直接和讀者迎面撞擊。四首詩中都有兩個「我」：「年老的我」VS.「年輕的我」，兩個「我」彼此有緊密的互動與對話，最後「年老的我」竟面對「年輕的我」「因失望而啜泣起來」——那是因為當年好戰的「年輕的我」所造成的「滿地碧血黃花」，令人傷痛。歷史在此有可能是一部錯誤的紀錄，落蒂則使用了他絕無僅有的魔幻寫實（magic realism）手法來「重現」這樣的時光，以其題材之特殊，落蒂首開紀錄以魔幻入詩，用得恰到好處。

作為一種文體，散文詩的語言要比一般分行詩來得鬆弛些，落蒂的語言一向不以稠密取勝，以散文詩寫作自與他的慣用語言不相扞格，此其一。散文詩需要有某種程度的敘事，而它的詩意則要經由婉曲或轉折在字裡行間透露，這正符合此四詩的調性，此其二。詩的場面設定兩個「我」以為今昔之對照，則魔幻寫實的畫面，正好可符合其所虛設之場景，此其三。可惜的是，類此手法對洛蒂而言，僅為曇花一現。

然而如果我們再細讀，則可以發現以上這四首詩在結尾處都有峰迴路轉的靈光一閃，題旨乃在這終結處盡顯，即以〈古寧頭的傍晚〉一詩為例，此詩敘寫兩個「我」在夕陽西下來到古寧頭沙灘，卻讓「年老的我」瞧見「年輕的我」在此處殺紅眼，可說血染成河。最後黑夜來臨，「年輕的我」隨著暗夜離去，而「年老的我」則在防風林中狂繞找不到出路。這寓意極為明顯：青年之我即便好戰，畢竟那歲月已經不再；而「年老的我」雖對於人生自有體悟，卻未必能尋得解決之道。落蒂大多數的旅遊詩，皆有將此「詩眼」（key words）藏在末尾的慣用手法，以形成結尾的高潮，如〈春之彌陀寺〉、〈夜訪彌陀寺〉、〈那夜的水聲〉、〈澄清湖〉、〈清水寺〉、〈魔鬼城〉……都有神來一筆、畫龍點睛之效。以〈清水寺〉一詩而言，前兩段交代清水寺的獨特構造及其周遭的景況，末段則筆鋒一轉：

坐在台階上想著
那一長串飛逝的歲月
正在心中叮叮咚咚的敲著
那三十三年才公開一次的千手觀音
能告訴我們什麼
此刻有一群寒鴉
正飛入一片蒼茫的暮色中

這末段結尾處的高潮，卻是詩人於靜定之中而得（〈澄清湖〉一詩的結尾「突然一隻水鳥驚起／飛向茫茫的藍天」也有異曲同工之妙），這是洛蒂旅遊詩極為特殊的寫作手法，他往往讓物象自行演出而不加干擾，這就像法國象徵派詩人馬拉美（Stéphane Mallarmé）所說：「靜觀物象，於其喚起之幻想中，當想像飛揚時，歌乃成。」物象的自然演出讓一切盡在不言中——看來落蒂可謂是馬氏的信徒。

如上所述，落蒂詩作之語言（不獨旅遊詩如此）多為淺白明朗，不興語不驚人死不休的用語；他也不好引入「驚天地泣鬼神」的意象——尤其是出自超現實主義自動語言（automatic language）的那種令人目瞪口呆的意象。就像他來自的台灣南部鄉村所散發的篤實與純樸，他的語言質樸，意象單純，因而造就了他明朗的詩風（看來他其實應該加入笠詩社而不是創世紀詩社）。然而，有時因為不加制約，語言明朗過頭，頓失詩味，一些旅遊詩不免也因此「走鐘」，淪為散文的分行，譬如〈烏魯木齊〉一詩讀來真的讓人有「烏魯木齊」之感。

## 五

在此之前，張默出版了《獨釣空濛》（二〇〇七），而同一年我自己也有一部《旅遊寫真》問世，這兩冊都是台灣詩壇上破天荒的旅遊詩集，落蒂既然對旅遊詩情有獨鍾，合該出版一本完全的旅遊詩集。當然，落蒂之詩自然不限於旅遊詩，他寫得最好的詩也未必然為旅遊詩，但他卻旗幟鮮明地以旅遊詩為其表現之大宗，形成個人獨特的風格。

整體以觀，落蒂的旅遊詩不論敘事、寫景、抒情，或應景抒懷，或感悟人生，或反諷社會，乃至懷古或自嘲，如同楊子澗所指出的，基本上乃是抒情的調子，有些詩雖不無諧趣味道（如〈貓鼻頭〉），多數都帶有些許哀傷之感（即使像頗有諧趣感的〈貓鼻頭〉一詩結尾說：「等到沒有歸帆的夜／等到海水也喵了兩聲／告訴我誰也無法阻止／落日的下沉」，隱隱又透顯出一股哀傷的氛圍），這並不一定表示他走在旅途上，讓他體悟到「生之悲涼」，但他藉旅遊詩以澆心中塊壘，抒發他對生命的感慨卻是可以肯定的。以他近年的創作盛況來看，老當益壯，必然還會繼續馳騁在他的旅途上。

〔目錄〕

# 第一輯

## 風鈴

# 風鈴等三首

## 一、風鈴

分手時
妳在我窗上掛了一串風鈴
有風的夜晚
我就會聽見
妳淒淒切切地傾訴

## 二、冷夜

熄掉所有的燈火
在這樣寒冷的夜晚
妳竟是
我心中最亮的一顆星

## 三、拉扯

我用力的拉死命的拉
把侵入我體內的你拉了出來
被拉出來的你一張口
狠狠地把我吞下
我又死命的想從你體內衝出
從你體內衝出的我又被你侵入
於是我們就這麼
一輩子都在拉扯
一進一出一進一出

（收錄於《海星詩刊》第十六期，二〇一五年六月）

# 讀史四首

## 一、讀史

歷史的長長山洞中
總有幾盞燈閃爍著
如果沒有那些巨大的人物
沒有那些偉人的光
我們將看見一條
長長的黑影

## 二、螳螂舞月

那夜竟在一樹枝上
看到一隻螳螂

對著月亮
張牙舞爪

## 三、嘆息

某夜
一團黑霧
迅速的遁入
昏濛的月色中
大地輕輕的嘆了一口氣

## 四、仰望

啊！我因不斷的升高
升高仰望的脖子
脊椎關節因而格格叫痛
並且斷裂

（收錄於《海星詩刊》，二〇一五年三月）

# 忙與茫

「最近在忙些什麼？」
星星問
「不忙，只是茫然四處飄蕩。」
雲茫然回答
星星正要伸手留雲聊聊
雲卻飄得很遠很遠了

（收錄於《聯合報》，二〇一四年九月一日）

## 心願

妳不要問我為什麼一直站在那裡
踏是我多年的心願
在妳夜歸的路上
我是一動也不動
一盞照明用的
路燈

（收錄於《聯合報》，二〇一四年六月九日）

# 獨品十四首

## 一、與咖啡對坐

我請你不要移動
那杯卡布奇諾咖啡
讓我和那定格的花紋
靜靜對坐
想著我那心中
長久解不開的圖騰

## 二、往事的漩渦

有些事似被某些陰影遮蔽
我希望在黑暗中找到一點光
在往事的漩渦中

我痴望著風吹來的方向
盼能發現一點點訊息
沈思卻使我越陷越深

## 三、晚風

時光在我身上
刻下無數皺紋
卻抹不去心中那鮮明的影像
殘餘的夕照
正要從我家屋簷悄悄溜過
只有輕柔的晚風陪我靜靜獨坐

## 四、抉擇

想著已到攤牌時刻
不是找到光明
就是奔向更黑暗

終於奮力推開重壓
挺直身子站了起來
屋外也無風也無雨

## 五、灰燼

你想知道
我為何一直
死命狂奔嗎
只有灰燼知道
在那段風風雨雨的日子裡
我到底焚燒些什麼

## 六、黑影

殘餘也是一種美
夕陽的餘暉
總是令人特別珍惜

我把焚燒過的地方
掃一掃竟然
只留下一片巨大的黑影

## 七、寒夜

那裡有
我們夢中的一切
五色鳥碎石子和瀑布
水潭上泛起層層漣漪
誰會是誰永遠的記憶
在這樣的寒夜裡

## 八、困惑

神也應該知道
那麼崎嶇的路
那麼難解開的密碼

即使古今智慧多方激盪
還是像一張無絃琴
讓人不解的演奏

## 九、晃動的光

你說的故事
情節不完整
你譜的音樂
音符錯落
一切都像在迷濛月光中
晃動著

## 十、療傷

你走了
不論輝煌或孤寂
不論有沒有留下

隻字片語
最讓人難忘的是
你療癒了大家的傷痕

十一、凝視

五月雪落著
一朵小小的桐花
每一個花瓣
都雕刻著
一個鮮明的
你

十二、盼

他每天努力訓練已痠了的雙腳
希望像一隻翠鳥
站在枯枝上

嘹亮的
唱出
進行曲

十三、意外

正在高興
有一場大雨
把世界洗得清清爽爽
然而在興奮中
後面的山坡
爆發土石流壓毀眼前的一切

十四、獨品

靜坐山前
山嵐升起
壺中的水也開了

茶香撲鼻
獨自品著
這樣一壺好茶

（收錄於《乾坤詩刊》第六十七期秋季號，二〇一三年七月）

# 命運飛盤

一、命運

命運往往
不是按著節拍
來的
它有時是
頓
有時是
一連串滑音

二、飛盤

在我心中盤旋
日夜不停困擾我的

那飛盤
在我都不理它時
不知什麼時候
已經飛入
蒼穹

（選錄於《二〇一二台灣詩選》白靈主編）

## 相對無聲

那樣沉靜面對
這一面可以看到那一面
山與山相對無聲
與宇宙靜靜相對
我看到一縷黑煙升起

（收錄於《聯合報》，二〇一三年一月七日）

# 回望

從現代回望古代
一眼望穿的河谷
人類腳印落處
一顆顆錯落的鵝卵石
散置在涓涓的細流中

（收錄於《聯合報》，二〇一三年三月一日）

# 迴

在下游出海口
把話語向水來處吼
一句一句穿過濃霧
上溯到水源頭
不旋踵間它變成微音
隨著流水回到跟前

（收錄於《聯合報》，二〇一一年七月二十四日）

# 撫慰

訴說不清的心聲
像海潮音
終日呢喃
只是受傷累累的岸
還是期盼
浪花的撫慰

（收錄於《聯合報》，二〇一一年六月九日）

# 夜宿峨眉聞晚鐘

鐘聲在夢中迴盪
張眼四望
房內寂然

鐘聲在室中迴盪
四處搜尋
四壁古書依牆而立

鐘聲在山谷間迴盪
開窗外望
屋外大雪

四野無聲
雪落
紛紛

（收錄於《文訊》第三六〇期，二〇一五年十月號）

# 宿和南寺

一、尋道

從凡塵中來
好認真尋訪道
把整個山寺左繞右看
就是找不著
它的踪跡

二、迷濛

它是一架吸力十足的機器
把天下所有有困惑的人
吸引前來
但是山寺只提供一些

暮鼓晨鐘
以及香煙燎繞
許多人還是困在
迷濛霧中

三、受惑

名利是一把解剖刀
一刀一刀不帶痕跡的
削下一層層人肉
傷痕纍纍的人們
仍然爭先恐後
奔上那兩艘
人生船

## 四、悟得

許多人望著名山
期望靜靜歸隱
許多人吃齋唸佛
期望人生無病無災
只有我笨笨的沿著山路
一面走一面喝著
自備的白開水

（收錄於《新原人》第七十九期，二〇一二年秋季號）

# 登獨立山

一、登山步道

在鐘聲裡
面對蒼茫暮色
心中疑惑
我是何人
回望已不見的來時路
一個階梯一個階梯也悄悄不見

二、遠眺

雲霧遮去一半
遠看似有若無
山似波浪一層一層

心中的結就是解不開
真想撥開
那層層的霧

三、感動

最香最香的食物
來自不知名的善心人
野菜燃料炊具通通都有
彷彿黃山上
負重的挑夫
挑著滿滿一擔愛

四、遺忘

睡在名山勝境也是睡
睡在山中小廟也是睡
走在上上下下的登山步道

爬在忽高忽低的山崖階梯
數十寒暑艱辛人生
都在此刻悄悄遺忘

## 五、晨景

一幅抽象畫
悄悄向四方伸展
山谷間的晨霧中
東方乍現曙光
吹了整夜的山風
在樹葉間留下幾顆晶瑩淚珠

## 六、惑

我懷疑我是兩面人
時而在城裡工作
時而深入山中

山常忍不住笑我
我看到城中人奔向山裡
山中人卻奔向城中

## 七、對話

錯過了也就錯過
愛過了也就愛過
站在山頂聽風對話
確實有許多不該錯過他訴說著
確實有許多愛不該愛她訴說著
風轉向獨立山谷中的我呢喃著

## 八、山霧

什麼也看不見
我在其中
整座山頓時

被一件超大的袈裟
罩了下來
緩緩地

九、空或者不空

此時你說腦袋空空
我說或者並不空吧
但都沒有關係
空也好
不空也罷
滿山都是煙嵐

十、露珠

從睡夢中醒來
走出帳篷
靜寂中一顆晨露

在葉片上閃閃發亮
輕輕搖動樹幹
露珠迅速落下滑入我口中

（收錄於《乾坤詩刊》第五十八期，二〇一一年四月）

# 門等六首

一、門

他把房子唯一一扇門關了
於是他的身體各處
竟開啟許多門

二、躺

把長板凳躺過再躺
就是躺不出
讓自己滿意的夜

三、吠犬之月

秋天的月亮對著犬吠叫
誰都知道
牠的身影即將迅速壯大起來

四、故事

站在十字路口注視前方
不知往東西或南北
只是許多玄之又玄的情節不斷發生

五、等

他站在鏡前
嘴裡碎念著
看你什麼時候出來換我進去

六、深

你應該知道你的路
那一段段一階階
引導你進入長長的隧道出不來

（收錄於《中華副刊》，二〇一八年九月十四日）

# 暮色及其他

一、暮色

兩棵黃昏的樹
正在向夕陽揮手
我們的路也分得越來越遠

二、夜讀

取出莊子，一白髮老者翩然而來
左三步，右兩步踱著
只要了一杯茶喝

三、舞

車子左彎右拐竟轉回原地
腦中不斷舞著
分離時那段旋律

四、葉子

一片被我忽視的黃葉
悄然落地，另一片我一直心儀
卻仍高掛枝頭飛舞

五、問

春雨幽幽的下
青苔一直不斷繁殖
何處是天涯？

六、茶

是你為我泡的一壺往事
慢慢在水中伸展張開
然後無端漂流

（收錄於《中華副刊》，二〇一八年四月一日）

# 瞬間七首

## 一、瞬間

那一刻冷煙從心頭升起
蟬悲鳴不已
往事從橋旁輕騎而過

## 二、夜航

昨夜上船
才知只有星星
離我最近

三、聽

向夜的遠方望去
一條長長的多瑙河之波
從冰河緩緩流過來

四、信

剛收到一封信
從清晨讀到深夜
讀成一張白紙

五、境

烏篷船走在江上
穿簑衣老農站在船邊
雪越下越大

六、讀

湖邊的一只信箱
每天詢問郵差
有信嗎

七、站

他以為會一直站在那裡
時間一伸手
就把他拉下來

（收錄於《聯合報》，二〇一八年十二月十四日）

## 聽蟬遺忘

一、聽蟬

我知道你蟄伏得太久
一旦有機會演奏
就拚命
把弦拉到最高音

二、遺忘

妻把關了幾年的小鳥
放了出來
牠停在妻的手上
忘了飛翔

（收錄於《創世紀詩雜誌》一五〇期，二〇〇七年三月）

# 春天八首

## 一、春天

忍耐了很久
終於從瓶口伸出一隻手
尋找生命發芽的震動

## 二、風箏

拉扯了一生一世
發誓要把線拉斷
或把你拉上空中

三、竊

我潛入許多房間
在暗夜中尋找熟悉的記憶
因為搬過太多次家了

四、故事

故事和步道一樣長
不論新知或舊識
都溫馨的往下走

五、刺蝟

為何你全身都是刺
我就是看什麼
都不順眼啊

六、裁

我把布攤在地上躺下去
對著裁縫說
你剪吧

七、不信

風在空中宣稱是最好的歌者
群樹不信
在下面喧譁了起來

八、雨

妳的淚水太多
我的心湖
一下子就接滿了

（收錄於《人間福報》，二〇一八年六月二十六日）

# 影及其他

一、影

飛過的雲朵瞬間消失
而石頭卻堅持
它一直留在心中

二、變

夕陽剛走，晨曦即來到
昨晚的月亮仍在荷塘流連
青蛙說妳忘了才說過的話

三、夜

你走縱，他走橫
笑語就在忽明忽滅中
掛在昏黃的燈上

四、訴

你就一直不倦的說
卻無法從困頓的人生中
走離潮溼的沙灘

五、空

上樓，戲才開始
下樓，戲尚未結束
觀眾席一直無人

六、仍有

仍有信未回，仍有債未清
仍有疲倦的大地及他
仍有星子不停眨眼

七、鬱

風吹著一張畫，響著一支曲子
無人之夜
星子跌落深井

八、彩虹

五色繽紛上老舊社區
房子和人都跳起舞來
大家的眼睛閃著七彩的光

（收錄於《人間福報》，二〇一八年九月十九日）

# 第二輯

# 說不定主義

# 思親手記

從前探望母親
總是在養護中心
陪著躺在床上的母親聊天
聊著我小時候的調皮搗蛋
聊著令她驕傲的點點滴滴

更早以前
母親仍在鄉下種田
每次回去探望
母親總是馬上到村中的小麵攤
端回一碗熱騰騰的切仔麵
那是我小時候生病時
最好的安慰劑

如今要探望母親
總是在清明或節日
到山上的仁慈寺
對著骨灰罐上的母親的照片沉思
她不再同我說話
每次來照片上都是同樣的微笑
同樣的讓我的眼睛起霧
心情的世界
滴滴答答

（收錄於《文訊》第三七二期，二〇一六年十月）

# 詩人，請坐

哦，詩人請坐
每日我會泡一杯咖啡
坐在書桌前邀請光中來坐坐
閒聊他的掌上雨和白玉苦瓜
也會邀請愁予前來說說他的夢土上
更會邀商禽和夢蝶
談談他們的長頸鹿和十三朵白菊花
如此日日有約，年年有會
還有張默、洛夫、瘂弦和楊牧
也常是我書桌上的貴客
每天都輕吟今天的雲抄襲昨天的雲
淺酌那杯酒是黃昏時歸鄉的小路

還有讓時光瘦瘦的搖
啊，如此人生，不亦快哉

（收錄於《海星詩刊》第二十三期，二〇一七年三月）

# 奔

——外一首

## 奔

那樣沒命地奔跑著
在大雨紛亂的時序中
沒去想是否和從前一樣
望著天涯，以不安的腳步
像迷路的鹿
穿過好幾條街，奔過許多
奔馳中的車子
某些思緒在奔跑中上升
城市樓房
愈來愈遠
前面是空濛一片

綠草不見，鮮花不見
極度地荒涼
仍然繼續跑著
一片灰黑中
只剩下一個小黑點
仍在往前狂奔

## 無言歌

走著走著不知
天涯或海角
那份萬言書已在風中飄飛
那登高一呼眾聲應和的日子
也被海浪捲走
海灘何處飄來落葉片片
正如我凌亂的腳印處處
就躲在昔日自己挖的戰壕中

痴痴地望著
遠方
望著枕戈待旦
海鷗飛處
彷彿寫著千萬首無言歌

（收錄於《自由副刊》，二〇一七年二月二十八日）

# 牆

那一面古老的水泥牆
斑駁得如一張古早的草紙
花紋彷彿用過在烈陽下
讓人腦中不斷會浮現某些畫面
那些從中學以迄如今的美術課
經過長時間累積
如在空中閃閃爍爍的群星
有時如秋季荷池的斷柯
建築師丈量土地的圖騰
那一面牆常常吸引我的眼光
以至於在我腦中不斷變幻成
各色各樣的故事
它就站在幾公尺之外

和時間不斷重疊變化閃爍
從我的眼瞳進入
在我體內不斷滋生衍化
成無盡的想像世界
成一篇篇
人世物語

（收錄於《聯合報副刊》，二〇一七年六月四日）

## 說不定主義

其實我也想
自己開
自己喜歡的
花　卻由不得
自己

我也不
願一直被
放送　正如也不願
一直被
閒置

如果把
插頭拔掉
就如枯萎
垂頭的花
那麼

你問我何以在
白色植物開
紅花
何以在綠色植物開
白花
那要看氣候
土壤
而產生不同變化
有時是補品有時是
毒物

被晾在一旁
荒涼或
被多隻手搶
用　不是你
說了算

（收錄於《自由副刊》，二〇一七年六月二十八日）

# 觀景等兩首

登高一山還有一山更高
在群山萬壑中就你最高最顯眼
再加上日出的光芒
如同登上奧運領世界錦標
仰首
都是你燦然的光芒

低頭看著山下的微弱身軀
竟蹲在暗影的角落
突然
晴空霹靂

高也是他的高
矮也是你自己的矮
亮當然是他自己的亮
無光也是你自己的無光

## 願

一座山一直高高在眼前閃光
走在山路上一步步向它靠近
一生一世的奮力向上
再向上永不懈怠
心中有一首詩如同那閃光的山
我要以最完美的方式將它呈現
如一朵潔白的蓮花
高雅開在湖上

山路崎嶇且陡峭
而我仍一直向上
甘之如飴

傑作

為了一則傳說我們奔過
寥廓荒涼的沙漠
以及許多人生忽隱忽現之閃光鏡頭
以及最後的約定和拚搏
終於站在這高山峭壁的岩洞之間
領略某種不可感不可見的神祕威力

若說是時間和風的威力
從山壁的坑坑洞洞
從人生的各色各樣窗牖就可感受和看出
太極峽谷和魔鬼城之形成

或仰望那高可觸雲的天門洞
就會明白什麼是傷疤和花朵
環宇大藝術家之傑作

（收錄於《創世紀詩雜誌》一九四期，二〇一八年三月）

# 雨夜思友人

——外三首

突然
靜夜遇雨
空山之中
只一盞孤燈
亮在我獨居的小屋
有誰來和我煮酒討論人生

不論內心如何澎湃
此刻對往日的際遇
不免有時追悔有時嘆息
山溪水滿
今夜水聲不知能否
進入山中雲深不知處

## 對鏡

不知道遠方的你
是否仍會想起我
回頭
看到牆上那面
你送我的長鏡
竟然映出我
細瘦狹長的身影
痴望著滿頭白髮老叟
對鏡問道那是以前
矮胖的我？靠近鏡前
一看竟是風雪的刻痕

## 是否

窗外一片漆黑靜寂
獨坐斗室
思潮起伏
想起這一生
風風雨雨
遂拿起電話
撥給你
長久以來一直
一直關心遠行的你是否
仍傲然仰首面對風雨

## 靈感

凝視遠方的山和雲
天空好美

好美的天空突然罩下
一張黑網
用力想掙脫的我
竟然發現
這網是一首
詩

（收錄於《華文現代詩刊》第十七期，二〇一八年五月號）

# 竹窗戶有書

幾支空心竹節立在窗前
早已告知主人胸中滄海
掛在窗上橫扁
豈非多餘註腳

忘了曾經似龜爬乞憐的日子
老舊床鋪桌椅
可以自由坐臥
粗茶淡飯尚可溫飽

屋雖簡可迎風雨
室雖窄可納友朋

未入鏡竹叢
可指示迷途津渡
不論橫逆順遂
小小窗戶
星月時常探訪
矮矮屋簷
流雲不會錯過
竹窗已言
何必多說

（收錄於《中華副刊》，二〇一八年五月二十五日）

# 大地萬里圖

——悼洛夫

湘江才子
只帶一支筆
浪跡過江南煙雨
飄泊過台海漩渦
更歷經石室之死亡
唱出了感人肺腑的魔歌

在煙之外的詩世界探險
成為一顆釀酒的石頭
在人生的危崖
搜尋最驚奇的意象
替思鄉的人們
尋找歸鄉的小路

最後乘坐孤獨的漂木
在雪樓中
以三千多行長詩
尋找　那尋找了一生的
淚

每讀一次
就聽到一棵
被鋸斷苦梨的哭聲
每讀一次
就聽到這一代人
喊痛的風聲和雨聲
雖然還有遺願未了
但這一生已為時代

用詩筆
畫出了長江黃河
畫出了三山五嶽
一幅雄渾大地萬里圖

（後記：詩人洛夫大去，舉世華文作家哀慟，謹以此詩略表追悼之意。詩中部分文字為大家熟知的洛夫詩集書名及詩句。）

（收錄於《掌門詩學》七十三期，二〇一八年六月）

# 老來心境

即將下沉的夕陽
讓最後一抹微笑
掛在樓頭
輕吻我臉頰的是那
滾動在眼眶的淚

站在高樓看海
遠方的船隻
彷彿在淚海中航行
心中有一種痛和茫然
滋生

那上下升降的電梯
以及奔馳的雲霄飛車也
正在我心中
像窗邊胡亂攀爬的紫藤
四處亂竄

或許該下樓了
讓那浪濤掀天
或平靜無波的大海
獨自留在
樓頭

（收錄於《自由副刊》，二〇一四年八月十八日）

# 老婦人和手推車

一位老婦人
以乾枯的手
在垃圾箱中
翻找食物
手推車等在冷風中

一位老婦人
找到一塊發霉的麵包
拚命往嘴裡塞
彷彿
魯西流民圖

一輛手推車
堆滿破爛回收物
推著老婦人
消失在
命運的暗巷中

（收錄於《文訊》三五三期，二〇一五年三月號）

# 雜感數則

一

我的孩子啊
你問我日夜忙碌的
為之吃不下睡不著的
是什麼偉大的事業啊

我的孩子啊
那不是什麼了不起的
令人景仰的事業
那只是我多年來
想寫而寫不出的
那一首可以讓人永遠吟詠的詩啊

二

日子一天一天過著
夕陽西下時
總會想起
那想寫卻寫不出的詩
如今太陽又升上來了
那尚未寫出的詩
那仍在腦中孕育的詩
卻一直猛捶我的心

三

那個炎熱的夏午
在時空藝術中心
遇到幾位人士在泡茶閒聊
他們表示不知西元幾年

更不知米價多少
尤聽不到電視台上
名嘴天南地北胡說
啊！台北街頭
竟然還有世外淨土

四

許多人在努力畫畫
畫中藏了許多話
在紛亂的人群中
畫飛了起來
人群並未瞧一眼
只有一個一個從畫上踩過
隔天清潔工來了
把它們通通掃進垃圾車裡

（收錄於《文訊》三二七期，二〇一三年六月號）

# 旋舞的黑影及其他

一、夢的追尋

一個夢正在成形
隨著海鳥在風中起伏
天際線遠遠在前方浮動上下
想著一根漂流木
巧遇藝術家而枯木逢春
何必在沙灘喃喃獨訴衷情

二、雨中行

眼朦朧望向四方
嘴無聲無法向人訴說
地不平腳步艱辛

山谷深不可測
因為一個念在心頭
便不管所有風風雨雨

三、旋舞的黑影

夜夜我孤單的身影
總是在你的光芒下
旋舞
那樣天地蒼茫中
多麼虛幻的一個
黑影

（收錄於《創世紀詩雜誌》詩雜誌一六八期，二〇一一年九月號）

# 在那條黑暗的街

彷彿叢山峻嶺中的黑森林
看不見有人企圖尋找光源
無人的小徑到處延伸
四周一片墨色
身陷一條找不到出路的街
有人終於找到一點冷卻的殘火
人們終將明白一切的始末
一切都仍會回到原點
黑暗之後接著光明
片刻的光明又再度黑暗
渾身感覺莫名的波浪起伏
吶喊已被車聲載著駛向遠方

（收錄於《掌門詩學》七十二期，二〇一八年一月）

# 晨思

清晨散步經過國小旁
小孩背著沉重的背包
沒睡飽的表情
和剛露臉太陽公公的微笑
成反差對比

我看著小朋友
小朋友也一副困倦的神情看我
我想起小時上學快樂的奔跑
那條石頭小路仍在腦中亂石滾動
而臉上無精打采的小朋友
想像仍有一堆未寫的作業

校門輕輕關上
太陽升得更高更熱
我幻想著眼前的小朋友是當年的自己
那位小朋友不會想像自己未來
就是我彎腰駝背的模樣

## 東河舊橋

站在馬武窟溪口
兩臂交疊向上
是引領東河鄉和成功鎮
幸福的方向嗎
停在橋端的一隻黑鳥
不斷昂首啼叫
那知那知
海岸線那邊拓寬的新橋
吸走了人群

但舊橋仍以獨特的結構和造型
向人們宣誓
自己存在的價值

## 晚景

站在果樹下垂涎的老猴
仰頭呆望著纍纍的果子
嘆了一聲
啊！我已經爬不上去了
聲音撼動整棵果樹
果子竟紛紛落了下來
落下來的成堆果子
把老猴埋在果子底下
老猴沒有吃到任何一顆

（收錄於《秋水詩刊》一七四期，二〇一八年一月）

# 不凋的玫瑰

陳景蘭樓頭沉思
海風從海峽中線吹來
在每層樓的房間穿梭
但見昔日為阿兵哥設立的彈子房仍在
許多戰地文物的展示仍在
只是多了當地小學生的圖畫創作
一種傲然不願屈服的景像安靜立在裡面
海風繼續從海面吹來
把李華弔古戰場文的景象
吹得遠遠的
到了太平洋的波濤中
只是那些波濤
也在人們的心中一一綻開

成為一朵永不凋謝的
玫瑰

（後記：二〇一六年九月十日金門詩酒文化節之旅有感而作）

（收錄於《創世紀詩雜誌》一九三期，二〇一七年十二月）

# 第三輯

# 鯨魚說

# 鯨魚說

——外五首

其實我有很多話要說
但我們沒有共同的語言
其實我一直航行到沙灘
在沙灘擱淺
就是我最終的遺言
而你們一再的把我推回
推回海上
我仍然一再游回來
回來以死亡抗議
抗議人們讓我生存的海洋
變得無法讓魚兒妥適生存
尤其我們要天天躲避追捕
尤其人們讓一種聲音刺激我

刺激我讓我煩燥不安
我活得生不如死
所以請你們讓我
讓我在沙灘上靜靜的死去
以死亡向人們抗議
抗議人們還給我一個
一個舒適可以悠游的家園

## 畫像

我要為這個島嶼畫像
顏彩首先繪出一隻大怪手
正一勺一勺的
把山中樹木挖走
露出光禿禿的土石
（聽說他們要蓋高爾夫球場）

我要為這個島嶼畫像
一隻大勺子
正在海岸線
一勺一勺的挖去泥沙
一公里　十公里　百公里的前進
（聽說他們要蓋石化工廠）

我要為這個島嶼畫像
一大筒的顏彩
往山林一潑
往海岸線一潑
往稻子甘蔗地瓜果樹一潑
（我把整個台灣島塗成一片漆黑）

## 我想回到從前

從前我們都很窮
衣服補了再補
還穿美援的麵粉袋
屁股印上中美合作
但我們想回到從前
回到小溪可以游泳抓魚
稻田裡風吹黃金浪的時代

我想回到從前
住家前面有小河
後面有山坡
從不知什麼叫土石流
我渴望晴朗的大空
更渴望那層層楓紅
還有五色鳥停在窗前

我不要烏黑的河水
更不要臭氣濃濃的工廠
更不要那致癌的因子
不要在種稻的農地上種煙囪
啊！我想回到從前
回到那一去不復返的從前
即使短短的片刻也甘願

## 吊籃植物

離開厚實的泥土家鄉
被栽植在一小塊版圖內
雖然委曲
但能給你一點綠意
我也願意忍受這種困囧

有時我也想伸展一下四肢
卻因太過逾越
而遭修剪
有時我也嫌水太少
而顯出無精打采樣子
當然被無情的撤換

被限制在小小的空間
看不到自己的天空
不敢發表太多自己的意見
只有聽從主人吩咐
在僻靜的角落
提供最後的奉獻

## 代鳥兒發出求救信號

捕鴿人士
在飛行路線的深山中
張網
張大如巨蟒的大嘴

有老鷹在網上掙扎
有各色鳥屍懸掛其上
有鴿子被帶走勒贖
有各種不法活動
在進行

雖說有人尋山
有人拆網

但飢餓的嘴
還是到處張得大大

於是我忍不住呼叫
各路英雄好漢正義人士
不要再等執行公務的懈怠人士
我們一起上山去拆網

## 北港溪

沿著溪畔漫步
心想這麼一條母親河
竟讓內心湧起一陣陣酸楚
早年它的溪水曾越過河岸
淹沒村莊沖斷鐵橋
時不時讓許多沿岸居民
家破人亡田地農作流失

如今溪水接納多少工廠廢水
一片烏黑毒死魚蝦
污染兩岸農地
農民收入減少而貧窮
身受毒害而染病
我望著日夜奔流不息的污水
只有向天發出一聲沉重的嘆息

（收錄於《文學人》革新版第十一期，二〇一三年五月）

# 荒蕪之島

白海豚在島四周悠遊
望著昔日翠綠的島
而今變成一片荒蕪
且發出哀哀之音

黑嘴鷗在從前覓食地
找不到食物
所有前來荒島過冬的鳥類
都找不到食物

據說島上有人
把有毒的東西
灑在各處

據說島上有人
把有毒的垃圾
拋向海裡

有毒的東西
毒死島上的一切

有毒的垃圾
毒死海中的一切

白海豚也死了
海上寂寞無聲
鳥兒都成了枯骨
島上也寂靜無聲

任何人
任何生物
都將在來日或
來日後的無窮來日
面對一個
寂靜無聲的荒島
只有風
狂吼著

（收錄於《華文現代詩刊》第十六期，二〇一八年二月）

# 悲傷生物課

孩子們的耳朵長出
稀奇古怪的魚
刷新老師的教學
重印教科書的版本

整堂都是疑問句
課本上的魚
升天了
眼珠子快蹦出
市場叫賣魚聲仍此起彼落

指著窗外的花草樹木
解釋核廢水如寒冬

輕油裂解裂開大家的嘴巴
眾人頭搖不停

變形軀體如斷層岩壁
青苔形成恐怖彩繪
最先進的現代藝術創作
就紋刻在魚背上

如布袋戲中人閉雎
哈麥二齒
那不是神怪的長相尊容
是淚流滿面遇見自己多年後的變形

（收錄於《秋水詩刊》第一七七期，二〇一八年十月）

# 野柳隨想

海風吹著我如海浪的心情
沿著步道而行
遠事近事紛紛糾結腦中
女王頭立在那裡靜靜
沒有　下任何御賜
突有人大喊救命
有人溺水
又有一林添禎
小學課本曾列楷模偶像
有人竟斥
不會游泳也敢下水
旁邊詩友喃喃
自己也曾遭溺水

回頭看他痴樣
只有一路搖頭到日落

（收錄於《秋水詩刊》第一七七期，二〇一八年十月）

# 第四輯

# 詩茶飛舞

# 海雲台的下午

——旅韓手記

海鷗飛上飛下競逐
為的是遊客手中那點餵食
我心中的快意也隨之上下起伏
和海面波浪一樣
人生的失意與成就
此刻都輕輕的被空中浮雲帶走
往日無意義的爭執也是

這是千真萬確的演出
有一啄迅速飛離
有停格看準再叼走
云云眾生中
是否也有此畫面

往日孤懸高峯上的目標
竟因海鷗的上下
而逐漸模糊

那夜回到旅邸
一直有鷗鳥在腦中不斷飛翔
在我釜山初旅的睡夢中
細細不很分明的夢話
也彷彿來自
一旁愛妻的呢喃中
又彷彿是異國的月光
從窗口照進來探問

## 龍頭山公園——旅韓手記之二

沒有行人的公園
好冷好冷的牆

樹的心情也接近零度低溫
世界到處似乎都站著
安熙濟銅像

拉上套頭毛衣是我唯一的動作
清晨的空氣弄不清楚
為何在這麼冷的早晨
獨自在異國的公園
搖頭嘆息

葉落了又長出新芽
專制的人下台了
又有人站了上來
打跑一個敵人又來一個
老人不知何時走到我身旁說話了

## 起伏——旅韓手記之三

油輪汽笛的回聲
在黃昏斜陽中
向飛翔的海鷗
以及
餵食自娛的我
呼喊

和小王子合照時
突然想起它的作者
不知迷航何處

看著纜車從頭上
飛過
想起再生的花蕊

竟是從逐漸枯萎的花木中
長出

對於古舊社區
竟也能營造出
生命的活力
心情遂上下
起伏不已

## 療癒——旅韓手記之四

在陌生的國度
心穿行在
雲霧
之間

龍宮參拜
太宗台問訊
廟口的大金豬
沿海岸的風光
都成
心中顛簸的海浪

心思在香煙嬝嬝中
忽明
忽暗
神明默默凝視眾生

只見一群
又一群
執香人
唸唸有詞

遊客拍照
聊天
吃美食
誰管它
風
吹向何方

暮色中
回到旅邸
仍未靜定

心
仍需要再
療癒

（收錄於《掌門詩學》七五期，二〇一八年八月）

# 詩茶飛舞

## 詩茶畫飛舞夜

學者詩人正講述著詩和茶
詩人畫家也加上畫的美好芬芳
作家巧妙回答來賓的問難
室內一片溫馨和諧

誰也不願再提起那些野心家
曾經把這裡當跳板
操弄魔術的指揮棒
極力往權位的高峰邁進

為他們犧牲了無數人命
忍不住要問牛峰境的神明
為何祢一直靜靜坐在那裡
對世事無言

在這個不安的海域
一直顯現著顫慄性的美
五靈公啊、祢是如何看待
騙子一直洗腦人們若因聖戰而死
可以得永生

## 廢船

夕陽的餘暉
照不到
清晨的微曦

一艘報廢的船
躺在荒涼的野地

聽不見
新船的汽笛聲
近了又
遠去

行船人生
海面那條地平線啊
為何一直
不見

人們勤奮得
像永不止息的太陽
每天從東邊的山

躍起
又從西邊的海
落下

只是每個夜晚
我等待的星月哦
往往有時模糊
有時
帶淚

人生畢竟也像行船
可能走在
沒有航道的航道
即使
有航道也不知是否
下面有暗礁

## 等待

歷史的腳步
註定是步步艱難啊
一層層石階
是向上提升
或
向下沉淪

往往聽聞儘是
悲涼哭聲
而我們奮力走上
那個起伏的浪頭

莫非
等待
流浪的倦鳥

或是
異地歸帆

茫然
來到這麼美的聚落
以為到了
陶淵明所描述
避秦亂的桃花源

豈知
那退潮的沙灘
曾留下
戰爭的砲彈碎片
這麼美的地方
人們的手

只能一手抓地
一手抓天

再怎麼都是
茫然

## 變化

海不時變換不同的波浪
敵人也不時變換來犯的方向
時間也一直變換黑色白色
只有射擊口的角度沒變
一直對著
死亡的方向
對著伊於胡底的方向

（收錄於《創世紀詩雜誌》一九三期，二〇一七年十二月）

# 燕子口

——外兩首

上帝的手
在山壁上　作畫
人們只能以鐵欄杆
圍住自己　驚呼
小樹
在遠離水源處無法
茂盛　長高
只能心甘情不
願　忍受
美的凌遲
只有
立霧溪水的嗚咽
日

夜
不停
橫貫公路牌樓
多想像你一樣
站成
古蹟
可惜後面沒有雄偉靠山
更
沒有
穿過百年歷史的洞穴
只有
矗起的白雲
在藍天下
發出
陣陣嘲笑聲

## 蛻變

迪化街的老商行
掌櫃的有事沒事
就拿出
大算盤
和
舊帳簿
仔細撥打計算七十年來
盈餘
竟然
年年數字正成長
忍不住抬頭看著
紫色大稻埕
竟然也由
暗淡的

下午
逐漸變成
豔麗的
黃昏

（收錄於《乾坤詩刊》八四期，二〇一七年十月）

## 星子眨眼

——過桃花潭

詩人乘著歌聲的翅膀
嘩啦嘩啦的來到桃花潭
汪倫立馬以一隻手指
比著嘴唇
一隻手遙指
宿醉不醒的李白
旁邊的石獅子
也呼呼大睡
只有天上的星子
一路眨眼
閃爍到天明

（後記：二〇一七年四月二十三日到二十六日在桃花潭參加兩岸詩會為朗誦而作）

# 第五輯

## 愛之船

# 愛之船

努力增生著
向未來生命的國度
那藤蔓
無邊伸展
沒有
任何規約
誓言

心形小貝殼
小販賣著
幸福微笑
在情侶臉上開一朵
燦爛

翻騰的浪花
暈船的妳
我的胸膛
是避風港
水花輕輕飄起
在妳臉頰
輕輕一啄
一朵小白花
如一隻鷗鳥
停在去小硫球的渡輪上
低聲哼著
妳的小名

（後記：心中仍有白色恐怖陰影，一九六八年底靜帆陪我到小硫球散心，初稿寫於日記中，原題〈小硫球初旅〉，二〇一八年十月三日小修並改題為〈愛之船〉，是為補記。）

（收錄於《葡萄園詩刊》二二一期，二〇一九年二月）

# 紅樓夢

再回南師紅樓
眼前
眼後都有指示
人生方向
在腦中已存在
好久
即使要穿過叢叢荊棘密林
妳跟我携手
尋找浮生幽夢中的那顆星子
一直鏤刻在我的靈魂中
曾經對妳訴說
就是那棵大榕樹下
一個小小痴心的夢影
日夜嘔心瀝血書寫

頌星組曲
我問妳願成全他的企盼
沒點頭
也沒
拒絕
一直沿著昔日生活的小徑
傾聽舊日尚存的少數景物
訴說
那年的夢想
只聽到雲雀輕叫
靜帆……

（後記：一九六八年九月人生遇逆風，帶靜帆遊台南古城，拜訪當年我苦讀的建築物，一棟三層紅磚建造的南師地標紅樓。初稿記在日記本中。二〇一八年十一月二日小修定稿。）

（收錄於《秋水詩刊》一八〇期，二〇一九年七月）

# 遠方

都無比甘甜
任何苦澀的苦酒

渾身的滄桑
飲下眼前一杯狼狽
我們一起
對飲

倒滿杯吧
在月下
對著那夢樣的月光

遠方不斷招手的椰子樹
海上升起的明月
如海鳥
在腦中起伏
翻騰

穿過波濤洶湧的瀚海
走過亂世的狂風
在荒山野嶺獨行

注視前方
那是愛的神奇力量
你堅毅的臉
定定的向前

雷聲狂吼
飛沙走石風起雲湧
是一方指涉一種洗禮
妳說要靜定握緊方向盤
排除一切雜念

骨頭磨損在
顛簸的石子路上
在我們企盼到達
無止盡的遠方

（後記：本詩初稿寫於一九八一年，遇某些困境，兩人攜手渡過。二〇一八年十月二十二日小女兒雅馨生日修改部分字句，調整段落，保留當年心境。小女兒就是那年今天出生，已三十多年前了，回首前塵，不勝欷吁。是為記。）

（收錄於《人間魚》電子詩月報第七期、《人間魚》季刊第二期，二〇一九年八月）

## 夢的延伸

到遙遠的時間之外
無止境的延伸
遠方
沿著
我們走過的人生台階
而留不住的是
青春的綠苔
心香
一瓣誠心的思念
在內心深處

一曲近似魔笛的樂音
擴散到我們的半島
像夢的擴散
那晨霧
在茵夢湖畔
十二月冬寒
從內心升起

（收錄於《人間魚》電子詩月報第七期）

# 鎖不住

在鎖不住的愛中
我們輕移細碎的腳步
飄著夢的彩雲
在房中

正對著我們展開微光
是家中小門
小門上那盞
古燈籠
更遠才有微弱的一盞
在村子的遠方

而亮成一片輝煌的是
遠方更遠的城

至於山
則沉沒在東方的黑
只有黃昏星
剛剛出現

隨著消失的暗影
也偶而飛繞起來
在晚風中

妳的髮
繫著一條
粉紅絲帶
愛就在
妳四周旋繞

靈動的雙眸
映著
烏黑的
長髮

一片艷麗的暈染
月已在
水中央
牽牛花沿著竹籬笆
等待
明晨吹號

隨著我們影子
前追
雲不知
從那裡

起
風也不知
從那裡
來
翠綠的葉子
夾著幾朵
扶桑花

剛發新芽的小樹
長在門前小石橋邊
那裡不在
西湖
更不是斷橋

而是繞著村子的潭
路也繞著村子

在星光下
慢慢
走著

（收錄於《秋水詩刊》一八〇期，二〇一九年七月）

# 盤旋

送妳一盆花
長青的枝葉
小小紅色的花朵
妳是我心空中一朵飄雲
從荒蕪的臉上飄過
停駐在盆花上

停駐在盆花上
特地從遠古洪荒飛來
從我憂鬱的心的某個角落飛過
經過狹谷奔流的急湍
經過孤獨的黑色森林

飛了過來
在我心空盤旋

在我心空盤旋
幻化成千萬個星球盤旋
以那青色的枝葉
那紅色的小花朵為圓心
而盤旋
就在無風的夏午
一朵痴心的雲
就一直在盆花上盤旋

（收錄於《自由副刊》，二〇一九年三月二十五日）

# 騰雲

向空仰望時
雲便自天外冉冉升起
下面枕著山　或
枕著水
妳的眼神
便自那殘堡返回
望向我渡河爬山的身姿
那是既疲倦又困頓
一座山又一座山
一條河又一條河
奔波而來
奔向妳那天外之騰雲
而伸出的双臂

含蓄的微語
溫暖了
我
全部身心

# 回首

一直盛開
就好
那朵花
小小的一朵
開在城市
花園
而

一個小花瓶
把她帶回沙土飛揚的鄉村
是否依然
靜靜
盛開

一日日一月月
兩人只能
望肉興嘆
沒有上山打獵之能力
只有
薄薄一袋月薪
沒有其他水源
更沒有城市中好友們
豐收的養鴨
而只能安份守著
粗茶淡飯蘿蔔嚼些
加減鹹魚乾
此後均是如此日子

住在農村妳早知
無田可種
而神啊！告訴我那些
未酩酊的好友
為何
一個個靜靜
和送嫁的親友
環顧屋前屋後即
相偕
黯然返回

而迎娶車
把妳從熱鬧市區
帶回小小的村莊
是我內心深深的歉意

而妳並不介意
好友及親戚
並不全知悉

我能給妳的
只是
輕輕的
不值錢的
像小鳥
在花朵上一啄

婚宴草草幾桌

而後

人走光
老宗祠的燈籠
閃著
昏濛的光
以及
寡母忙裡忙外
收拾淩亂

（後記：民國六十一年六月七日，靜帆從新竹市嫁到嘉義新港大潭小村子，她叔叔回去向親友說：我姪女從大馬路轉小馬路，進鄉村小路。眾人皆露出訝異神情。是為記。）

（收錄於《華文現代詩》第二十一期，二〇一九年五月）

# 默然對坐

都無聲無息的通過
時光的腳步
一室的靜寂

向前
或許還有一片嫩芽
回頭
一片慘灰

慢慢止息
心中的風雨聲
小小的希望之燈
在房門前掛著

遠方來的友人
看天色一黑
就
匆忙上路
他們不願看我們
為難的臉色

小孩拿著友人給的紅包
我望著牆上那幅
友人留下的畫作

畫中的月光
竟然照在
默然對坐的
不會反光的我們

（收錄於《人間魚》季刊創刊號，二〇一九年四月）

## 奔流

讓它奔流而去
如夏日一陣
驟雨
往日那些
深海暗溝恐怖的記憶

有多少
收多少
如村人的秋收

甜在心裡
聽在耳裡
妳說這村了

比都市
宜人

斷斷續續
開著
不知名小花
或扶桑
或牽牛花

錯身而過
那賣魚肉小販
搖著鈴鼓
在黃昏時
也有賣雜貨阿伯的三輪車

吹盡所有不適
晚風
南管的歌謠
或北管
廟前老人吹
唱

陪妳聆聽
在門前晒穀場
一直守候
如那侍衛

一朵城市花園
嬌貴的小花
和一枝
鄉野小草

## 猛然一驚

猛然一驚
那滑頭的蛇
不知溜到那
在平靜鄉下日常
泡上一壺老人茶
就繞行
人生

留守家園的婦女
日日唱著
歸來吧　阿郎
藍天沒有回應
倒是離鄉北上打拼的阿郎

很少唱
歸去來兮

聽老農唱犁田歌
那隻白鷺鷥
站在牛背上
旁邊還有二戰留下
荒廢防空壕
向著遠方
遠方有海

是否有人對它凝視
遠方地平線也在起疑
散步的人也不一定何時回頭
也不一定走向那裡

腳步如花
不一定何時競放
向四處張望
挺起更清翠有神的身子
那雨後的稻田
有一隻雲雀在歌唱
有人在田埂漫步

（後記：此詩寫於一九七四年九月，記與靜帆在大潭小村的某些印象，十一月即搬到學校宿舍。二〇一八年十月三十一日抄錄小修。）

# 歸航

是晚唐嗎
忘了什麼時候歸航
在迷霧中
航行
忘了要寫詩
在校園中
徘徊
探看
服下可以安眠無憂的藥片
內心的厭倦
在風中
起伏不明
獨立蒼茫

白鷺鷥尋找水田中
影像
在孤獨的阡陌
行走
遠去的人間不平不幸
夜晚黑暗
清晨迷霧
探看春樹的嫩芽
在小屋裡面
尋找平安燈
妳之沉靜可以提供某些
在噩運來敲命運之大門時
壓下翻滾的某些
心中浪花
偶而也輕嘆
如何壓抑唐突的個性

英雄主義的張狂
教室走廊
晚燈初亮
有人輕唱哀歌
有人吹奏歸航
在樓頭
春雨的尺八

（收錄於《秋水詩刊》一七九期，二〇一九年四月）

# 大津瀑布

那時水聲輕輕呼喚著妳的名字
妳像一朵開在懸崖下的小花
仰首正面對瀑布奔流而下
低頭卻驚見妳嬌羞迎接水珠的紅暈
水聲彷彿妳的心曲
那天其實妳只默默聆聽我冗長的訴說
但臉上的笑容已為妳揭露
心已打開不再緊鎖
貝多芬的命運交響曲
從小唱機中流出
迎向山頂瀑布後投下來的陽光
將來的人生
或明亮或晦暗

或平坦或荊棘
都是我們所共同擁有

（後記：一九六八年因某事心情欠佳，與當時同學即後來的內人靜帆同遊大津瀑布散心，回來有感寫在日記中，二〇一八年八月十五日將日記改寫成詩，追記當年心事做為留念。是為記。）

（收錄於《葡萄園詩刊》二二〇期，二〇一八年十一月）

語言文學類　PG2300　秀詩人62

# 鯨魚說

作　　者／落　蒂
責任編輯／石書豪
圖文排版／林宛榆
封面設計／蔡瑋筠

發 行 人／宋政坤
法律顧問／毛國樑　律師
出版發行／秀威資訊科技股份有限公司
114台北市內湖區瑞光路76巷65號1樓
電話：+886-2-2796-3638　傳真：+886-2-2796-1377
http://www.showwe.com.tw
劃撥帳號／19563868　戶名：秀威資訊科技股份有限公司
讀者服務信箱：service@showwe.com.tw
展售門市／國家書店（松江門市）
104台北市中山區松江路209號1樓
電話：+886-2-2518-0207　傳真：+886-2-2518-0778
網路訂購／秀威網路書店：https://store.showwe.tw
國家網路書店：https://www.govbooks.com.tw

2019年9月　BOD一版
定價：270元

國家圖書館出版品預行編目

鯨魚說 / 落蒂著. -- 一版. -- 臺北市 : 秀威資
訊科技, 2019.09
面 ;　公分. -- (語言文學類 ; PG2300)
(秀詩人 ; 62)
BOD版
ISBN 978-986-326-728-7(平裝)

863.51　　108013138

# 讀者回函卡

感謝您購買本書，為提升服務品質，請填妥以下資料，將讀者回函卡直接寄回或傳真本公司，收到您的寶貴意見後，我們會收藏記錄及檢討，謝謝！

如您需要了解本公司最新出版書目、購書優惠或企劃活動，歡迎您上網查詢或下載相關資料：http:// www.showwe.com.tw

您購買的書名：________________________

出生日期：________年________月________日

學歷：□高中（含）以下　□大專　□研究所（含）以上

職業：□製造業　□金融業　□資訊業　□軍警　□傳播業　□自由業
　　　□服務業　□公務員　□教職　□學生　□家管　□其它____

購書地點：□網路書店　□實體書店　□書展　□郵購　□贈閱　□其他

您從何得知本書的消息？

□網路書店　□實體書店　□網路搜尋　□電子報　□書訊　□雜誌
□傳播媒體　□親友推薦　□網站推薦　□部落格　□其他________

您對本書的評價：（請填代號　1.非常滿意　2.滿意　3.尚可　4.再改進）

封面設計____　版面編排____　內容____　文／譯筆____　價格____

讀完書後您覺得：

□很有收穫　□有收穫　□收穫不多　□沒收穫

對我們的建議：________________________

________________________________

________________________________

________________________________

請貼
郵票

11466
台北市內湖區瑞光路 76 巷 65 號 1 樓
**秀威資訊科技股份有限公司** 收
BOD 數位出版事業部

（請沿線對折寄回，謝謝！）

姓　　名：__________ 年齡：______ 性別：□女 □男

郵遞區號：□□□□□

地　　址：__________

聯絡電話：(日) __________ (夜) __________

E-mail：__________